AF339186

PARIS, IMPRIMERIE DE PILLET FILS AÎNÉ
5, RUE DES GRANDS-AUGUSTINS.

1ʳᵉ Vente le Mardi 23 Mai 1865

COLLECTION

DE

M. LE PRINCE RADZIWILL

TABLEAUX ANCIENS

Mᵉ Ch. PILLET, Commissaire-Priseur

M. Ferd. LANEUVILLE, Expert

CATALOGUE

DE LA PREMIÈRE PARTIE

DES

TABLEAUX

ANCIENS

DES ÉCOLES

Italienne, Flamande et Française

COMPOSANT

La Collection de M. le Prince RADZIWILL

DONT LA VENTE AUX ENCHÈRES PUBLIQUES AURA LIEU

HOTEL DROUOT, SALLE N° 7

Le Mardi 23 Mai 1865

A UNE HEURE ET DEMIE

———

Par le ministère de Me **CHARLES PILLET**, Commissaire-Priseur,
rue de Choiseul, 11,

Assisté de M. Ferdinand LANEUVILLE, Expert, rue Neuve des Mathurins, 73,

Chez lesquels se distribue le présent Catalogue.

———

EXPOSITIONS { PARTICULIÈRE, le Dimanche 21 Mai 1865,
PUBLIQUE, le Lundi 22 Mai 1865,

De une heure à cinq heures.

CONDITIONS DE LA VENTE

Elle sera faite au comptant.

Les acquéreurs payeront, en sus des adjudications, *cinq pour cent*, applicables aux frais.

Paris. Imp. Pillet fils aîné, rue des Grands-Augustins, 5.

Nous mettons en vente une partie de la Collection
de M. le prince Radziwill, la seule qui nous soit
parvenue; le reste arrivera si tard que nous ne pour-
rons le présenter au public qu'au commencement de
la saison prochaine.

DÉSIGNATION

ALLEGRINI (F.)

1 — Choc de Cavalerie.

2 — Même sujet.

ANGERMÉJER (J.-A.)

3 — Fleurs et Reptiles.

4 — Même sujet.

ARTOIS (Van) & TÉNIERS

5 — Paysage boisé.

Un paysan se fait dire la bonne aventure par une vieille bohémienne.

ASPER (J.)

6 — Portrait d'un personnage de distinction.

Représenté debout, cheveux courts, moustaches et barbe noires, vêtu d'un pourpoint noir sur lequel retombe une collerette blanche. Il tient ses gants de la main gauche. Ses armoiries sont en haut du tableau.

BASSAN

7 — Sacrifice de Noé.

BEGA C.)

8 — Réunion de Paysans dans un cabaret.

Une femme chante, un homme l'accompagne sur le violon

BERKEYDEN (G.)

9 — Vue d'une Ville de Hollande. Rencontre de Dames et de Cavaliers.

10 — Paysage. Vaches au pâturage. Pendant du précédent.

BESCHEY. Signé.

11 — Hérodiade portant la tête de saint Jean.

BESCHEY

12 — Décollation de saint Jean.

BLOEMEN (Van)

13 — Vue d'un Camp.

BOL (F.). Signé.

14 — Deux petits Portraits d'Homme et de Femme
richement costumés à la turque.

BOL (F.)

15 — Portrait d'un Seigneur russe.

Barbe et cheveux longs tombant sur ses épaules. Toque
rouge. Chaîne d'or au col.

BRANDT

16 — Paysage. Des Paysans font la vendange.

BRECKLIMCAMP

17 — Un Jeune Seigneur à sa toilette; un page est
près de lui.

BREUGHEL. Signé.

18 — Village bordé par une rivière.

Des voyageurs se reposent devant une auberge; des voi-
tures et des piétons circulent sur une route.

BREUGHEL

19 — Paysage maritime.

Une ville occupe le fond du tableau. Au premier plan, sur
un chemin, circulent de nombreux voyageurs à pied et en
chariot.

BREYDEL

20 — Choc de Cavalerie.

BREYDEL

21 — Vue d'un Camp; au premier plan, un général
à cheval suivi de son état-major.

22 — Choc de Cavalerie sous les remparts d'une
forteresse.

23 — Combat de Cavaliers et de Fantassins.

BRUNEN (Léopold)

24 — Riche Bouquet de fleurs dans un vase de
marbre; auprès, des Ceps de vigne chargés
de raisins et des Oiseaux au brillant plu-
mage.

CAMPIDOGLIO

25 — Fruits.

CANALETTI. Attribué.

26 — Vue d'une Ville d'Allemagne.

27 — Vue d'un Village.

Ces deux tableaux n'ont pas été contestés dans la galerie du
prince Radziwill.

CASANOVA

28 — Pâtre gardant un troupeau de Vaches et de Moutons.

29 — Lutte d'un Mouton contre un Taureau.

CUYP (A.). Signé.

30 — Halte de Chasseurs.

L'un d'eux est descendu de son cheval pour le faire boire à une fontaine, tout en s'entretenant avec un de ses compagnons monté sur un cheval blanc ; plus loin, un cavalier aide une dame à descendre de sa monture et un valet détache les chiens.

DAEL (Van)

31 — Melon, Raisins, Pêches, Prunes, Framboises, sur une table de marbre.

DELEN Van)

32 — Réunion de Personnages de distinction dans un riche salon ouvrant sur un parc.

DEMARNE

33 — Paysans et leurs Troupeaux près d'une fontaine.

34 — Paysage.

Au premier plan, des vaches, des moutons et des ânes; plus loin, danse champêtre.

DEVRIES

35 — Paysage.

A droite, une colline boisée dont la base est baignée par un cours d'eau; à gauche, la vue s'étend au loin jusqu'à des montagnes noyées dans la vapeur. Joli tableau exécuté dans la manière de Ruysdael.

DIETRICH

36 — Fête champêtre. Ovale.

37 — Fête dans un parc. Ovale.

DROOGLOST

38 — Place d'un Village. Réunion d'un grand nombre de Figures.

FRANCK (F.)

39 — Le Triomphe de Bacchus.

FRANCKEN (A.)

40 — Noé faisant entrer les Animaux dans l'arche.

FRANCKEN

41 — Portrait de Femme élégamment costumée, tenant un œillet.

42 — Portrait d'homme. Costume turc.

FYT (J.)

43 — Un Lièvre et un Canard sauvage suspendus à un arbre ; à terre, gibier, attributs de chasse et deux lévriers.

44 — Près d'un ancien bas-relief de marbre sont déposés un coq de bruyère, un faisan, des perdrix et quelques autres pièces de gibier ; un fusil de chasse et une gibecière gardés par un chien.

GIORDANO (Luca)

45 — L'Enlèvement d'Hélène.

Magnifique composition d'une belle exécution et d'une superbe couleur.

GOYEN (Van)

46 — La Naissance de Jésus.

La scène se passe à la porte d'une étable, les bergers accourent de tous côtés.

HALS (F.)

47 — Portrait d'un jeune Homme de qualité.

Il est habillé d'un pourpoint noir orné d'un col de guipure ; ses cheveux blonds sont couverts d'un chapeau de feutre noir ; ses mains sont passées dans son habit.

DE HEEM (David)

48 — Fruits et Poissons sur une table.

49 — Plusieurs Plats d'argent contenant des fruits, du jambon et des huîtres, sont placés sur une table, et auprès des coupes et des verres richement montés.

HONDEKOETER (M.)

50 — Près d'un mur, des Paons, un Faisan, un Coq,
des Poules et des Poussins.

51 — Coqs et Poules dans une basse-cour.

HONTHORST (G.)

52 — Une jeune Femme assise devant une fenêtre
chante en jouant de la guitare; un cavalier
l'accompagne avec un violon, tandis que le
maître de la maison les écoute en tenant
un verre.

HUCHSAN (B.)

53 — Un personnage vêtu d'une robe de chambre
rouge et la tête couverte d'une toque de
même couleur, est assis devant un bureau;
il écrit sur un registre placé devant lui; des
livres et des papiers l'entourent.

A travers une fenêtre on aperçoit une partie de la ville.

HUTIN (C.)

54 — La Blanchisseuse.

Ce joli petit tableau est exécuté dans la manière de Chardin.

DU JARDIN (Karel). Signé, daté 1666.

55 — Portrait d'un Magistrat.

Cheveux bouclés tombant sur ses épaules; vêtu d'un manteau noir sur lequel retombe une chemisette brodée rattachée par des glands dont il tient l'un de la main droite. La tête est vivement éclairée.

LALLEMAN

56 — Cour d'un Palais.

Au centre s'élève une magnifique fontaine formée d'une statue représentant Neptune; plusieurs groupes de personnages sont dispersés, les uns se promènent et d'autres se reposent.

57 — Vue d'un Palais.

Sur une place qui le précède, s'élève la statue équestre de Marc-Aurèle.

LANCRET

58 — Les quatre Saisons.

Ces charmants tableaux sont du plus beau temps du maitre. — Cuivre.

59 — Nicaise apportant un tapis.

Sujet tiré des contes de La Fontaine.

LAURENT

60 — Une jeune et jolie Femme, la tête ornée d'une guirlande de fleurs, est assise dans un jardin et pince de la mandoline.

LEMAY. Signé.

61 — Vue du Vésuve, prise au bord de la mer; de jolies figures spirituellement touchées animent le tableau.

MAAS (F.). Signé.

62 — Vue d'un Village de la Hollande, animé de figures. Effet d'hiver.

MARTIN

63 — Bataille.

METZU. Attribué.

64 — Dans un riche intérieur, une Femme assise, tenant un verre à la main.

MEULEN (Van der)

65 — Attaque de cavaliers dans une forêt, baignée par un lac.

MIERIS (G.)

66 — Le repos de Diane.

MIGNARD

67 — Portrait d'une Princesse de Conti.

Elle est assise dans un parc, une négresse lui présente ses bijoux.

OMMEGANCK

68 — Moutons à la prairie.

69 — Moutons près d'une bergerie.

OS (Van)

70 — Riche bouquet de Fleurs dans un vase de marbre.

OSTADE (Ad.)

71 — Un Paysan assis, tenant une cruche d'une main et de l'autre sa pipe.

PALAMÈDE

72 — Bataille.

POUSSIN (N.)

73 — Paysage baigné par un lac dominé par de hautes montagnes; au premier plan deux Nymphes assises près d'un cours d'eau.

POUSSIN (N.). Attribué.

74 — Copie du Parnasse de Raphaël.

RAOUX (J.)

75 — Une jeune et jolie Fille, le coude appuyé sur
une table, lit avec attention une lettre
qu'elle tient dans ses mains.

Elle est vêtue coquettement d'un corsage jaune garni de
rubans bleus qui laisse sa poitrine découverte ; une partie de
sa tête est vivement éclairée par une lumière cachée par un
rideau. Sur la table un portrait d'homme et une tabatière.

REMBRANDT (P. Van Ryn)

76 — Mise au Tombeau.

Le corps de Notre-Seigneur est entouré par les saintes
femmes et par ses fidèles disciples, se disposant à lui rendre
les derniers devoirs. Cette triste scène, éclairée par des torches,
est rendue avec une vérité saisissante.

A travers une ouverture pratiquée dans le rocher on aperçoit le Calvaire.

Cette œuvre importante fait partie depuis très-longtemps
de la collection des tableaux des princes Radziwill ; elle a tou-
jours excité l'admiration des connaisseurs admis à la visiter,
et ils n'ont jamais hésité à la placer au premier rang des
chefs-d'œuvre du grand maître auquel nous l'attribuons.

ROBERT (Hubert)

77 — Palais en ruines, avec figures.

ROTTENHAMER

78 — Danse d'amours.

SALVATOR ROSA

79 — Le Massacre des Innocents.

Composition rendue avec une grande énergie.

SARTE (André del)

80 — Ronde d'amours.

SNYDERS (F.)

81 — Du gibier, des homards, des melons, des
asperges déposés sur une table, et auprès
un homme tenant une corbeille remplie de
pêches, de raisins, de pommes et de figures.

82 — La Marchande de poissons.

TEMPEL (Abraham)

83 — Portrait de l'amiral Ruyter et de sa femme.

Représentés assis sous un vestibule; un petit nègre leur présente une corbeille de fruits.

TENIERS (D.). Signé.

84 — Le Chirurgien de village.

Il est à genoux et examine le pied d'un vieux paysan, tandis que son jeune aide fait chauffer l'emplâtre qu'il va lui appliquer; une femme est près de lui, et sur un plan plus reculé un homme suspend un chaudron au-dessus du feu qui brûle dans une cheminée. Divers accessoires de pots et de fioles très-bien exécutés enrichissent la composition.

VERNET (J.)

85 — Marine. Soleil levant.

A gauche, de hautes montagnes bornent l'horizon; de l'une d'elles une cascade se précipite et vient se perdre dans la mer; à droite, à l'ancre, un vaisseau de haut bord, et au premier plan, des pêcheurs et plusieurs personnages.

86 — Marine. Effet de clair de lune.

A droite, un phare sur des rochers; à gauche, un vaisseau à l'ancre et dans le lointain plusieurs bâtiments cherchant à gagner la haute mer. Au premier plan, des pêcheurs, les uns préparant leur repas et les autres leurs filets.

VERNET (J.). Signé, daté 1776.

87 — Dans un ruisseau qui tombe en cascade entre des rochers, un paysan pêche des truites; deux femmes sont près de lui.

Sur un plan plus éloigné, on aperçoit un pont conduisant à un château fortifié.

VERSCHURING

88 — Le Départ pour la Chasse.

89 — Le Retour de la Chasse.

VLINGEL. Signé.

90 — Une Dame dans un jardin, appuyée sur une balustrade, tient un bouton de rose à la main.

91 — Un Seigneur, vêtu d'un ample vêtement, se promène dans son parc.

WOUWERMANS (P.)

92 — Le Marché aux Chevaux.

Au centre de la composition, un seigneur, accompagné de sa femme et suivi d'un petit nègre, désigne un beau cheval qu'il désire sans doute acheter; de tous côtés, des groupes de chevaux s'offrent à la vue des acheteurs; à droite, des saltimbanques s'exercent pour attirer l'attention des passants.

WOUWERMANS (J.)

93 — **A** la porte d'une ferme une femme est assise, elle file et s'entretient avec un paysan qui tient un cheval blanc par la bride. Plus loin un chasseur à cheval, suivi d'un chien, se dispose à faire l'aumône à un mendiant qui lui tend son chapeau.

94 — **Près** d'une femme et d'un enfant assis à terre, un paysan fait boire son cheval; plus loin un jeune homme monté sur un âne, et à un plan plus reculé un cavalier sur un chemin.

95 — **Une** femme a assis son jeune enfant sur un cheval blanc tenu par un cavalier; près d'eux un homme à cheval.

96 — **Près** des remparts d'une ville des cavaliers ont mis pied à terre et se reposent, tandis que des trompettes gardent les chevaux.

97 — **Halte devant une auberge.**

Des chasseurs ont mis pied à terre; un d'entre eux, vêtu de rouge et monté sur un cheval blanc, se dispose à en faire autant; plus loin, une dame à cheval, suivie d'un valet portant des faucons.

WOUWERMANS (J.)

98 — Plusieurs cavaliers regardent un écuyer dressant un cheval.

ZEMANN. Signé.

99 — Flotte à l'ancre devant un port hollandais.

ÉCOLE FRANÇAISE

100 — Portrait d'un jeune prince de la maison de Bourbon.

Représenté debout, couvert d'une riche armure, un manteau bleu jeté sur ses épaules, sa main droite posée sur un casque orné d'un panache blanc.

ÉCOLE VÉNITIENNE

101 — Portrait d'un seigneur, la main posée sur la garde de son épée.

RED. :

19

MIRE ISO N° 1
NF Z 43-037
AFNOR
Cedex 7 - 92080 PARIS-LA-DÉFENSE

graphicom

0 1 2 3 4 5 6 7 8 9 10

www.ingramcontent.com/pod-product-compliance
Lightning Source LLC
LaVergne TN
LVHW021052050726
842519LV00003B/1129